U0075663

自由

平等　博愛，

and you?

Kurt Lu

盧建彰

自由平等博愛，and you？ 小序

—— 凌晨三點半

我起床寫這篇。

先沖了衣索比亞 G1 的豆子。位於海拔一九八三公尺，
由班可果丁丁處理廠水洗的豆子，我量了十五公克，放
入鬼齒的磨豆機中，機器轉動。不擔心家人被我吵醒，
只有狗，睡眼惺忪地看著我，家人應該正在夢中吧。

用熱水把濾杯中的濾紙淋濕，好讓紙的氣味被帶走。
放上磅秤，將磨好的咖啡粉，倒入濾紙中，輕輕拍打，
好讓表面接近平整，避免水的碰觸不均勻。

用九十二度的熱水，順著時鐘旋轉，注水，緩緩地，
倒五十公克的水後，靜置，三十秒，讓二氧化碳的氣
體，以氣泡冒出，接著，繼續注水，小心翼翼地繞圈，
直到二二五公克，停。在濾杯中咖啡未滴盡前，趕緊
拿起，避免咖啡尾段的雜質影響了氣味。

我很認真。

因為非常在意。

因為是生命的事。

我前一晚八點就上床睡覺，等著今天起床要寫。

我有點緊張，我怕寫不好。

不夠好。

不夠他們的好。

—— 自由平等博愛

我們小時候都背過的三個東西，每個人都知道，每個人都有印象，但說真的，如今，我們有走在自由路上，行在平等街口，還是在博愛路上嗎？

當然，這問題，是拿來問自己的，不是拿來質問別人的。

做為一個人，我真的活得像個人嗎？

像個人的話，應該會關心別人，應該會在意自己所處的世界是否公平，有沒有不正義的事，在做每一件事的時候，會去想，我會對別人造成困擾嗎？

這對世界是個好的選擇嗎？

我的答案，常常是害羞的。

但我依舊不害羞地問自己。

深怕有一天，自己連該害羞的都不害羞了。

那你呢？你好嗎？你還好嗎？

我想起，小時候學英語會話的第一課，How are you?
I'm fine, thank you, and you?

我也想關心你，你在哪條路上？

在那路上的你，過得如何？

—— 閱讀他人故事的意義

我平常大量閱讀小說，因為我認為自己是一個生命經驗匱乏者，所以我需要很靠近別人的生命，好去幫助我理解自己的生命。更別提，我認為創作，很多時候都是在回答這個世界的問題，如果我沒有去靠近這個世界，我又憑什麼可以對這個世界說點什麼？

我非常期待跟不同的人有所對話，有時只是莫名其妙地在旁邊偷看、觀看，有時幸運的，有所交會。

那幾天，和萱藝新知關懷協會的秀惠媽媽和阿寶媽媽認識閒聊，拜訪了替 Story Wear 裁縫樣衣的明珠師姐，和他們聊天，我不是被打開一扇窗，比較像是被

打開一扇落地窗。

好像過去我對生活的一些理解，或者對生命的想像，在這其中一一被顛覆。

譬如秀惠媽媽，說起自己的經歷故事，永遠都是笑口常開的（和我很喜歡的表演者林美秀一樣，她也是永遠笑咪咪的），但秀惠媽媽所談的事情——陪伴腦性麻痺行動不便的兒子、帶不良於行的父親往返醫院洗腎，甚至自己幾年前罹患乳癌——從某些人的角度來看很可能是悲劇。我認為人生的悲喜劇就在於你在不在乎、你在不在意，以及，你用什麼角度觀看。無論你用什麼角度觀看，都是好的，最怕的是你不看，那才是浪費，那才是把自己當作了廢棄物。

——詩是最大的叛逆

詩是叛逆的，是不願意接受現實的，是控訴的。
詩是安心地伸出手，儘管自己的手也在痛，搞不好，接著還會被燙到，卻，還是伸出手。
我背叛這世界的規範，好讓他或許好點。
也許喃喃，也許批判，也許，只是也許，想一想，還有什麼可能。

我可能是海釣場裡的一條魚，張大嘴跟腦麻的孩子說話。

我可能是那個想要去高雄旅行，自己串珠珠好賣一條八十元換取旅費的孩子。

我可能是那個看著孩子變成橘色連尿液都泛橘的媽媽。

我可能是半夜起來睡不去，想著自己做了哪些不光采的事。

我可能，我可能，只是個苦惱的傢伙。

我很弱。

但我真心，希望這詩集是個介質。

連接一些心和心的空隙。

就像宇宙中星星和星星之間的空間，填滿了黑物質。

但說真的，有時那些黑，才讓你看見光。

世上沒有黑暗，只有光還沒照的地方。

你相信光嗎？

我相信。儘管，有時忘記。

但在瞑目前，我睜開眼。

Contents

Liberty

自由

雖然，買自由

我有很多書，我買了些書，
當我買書時，
我嘴裡有自由的滋味。
當我讀書時，
我手裡有自由的滋味。

我很容易遇見煩躁，
他一碰上我就擁抱，
完全不考慮社交距離。
只有書是護身符，
趨吉避凶，消災解厄，
免我去當消波塊。

我們就不爭氣地討論，
不罵老闆就無法擺脫壓迫嗎？
或者，
背地裡才是我們最能

挺直腰桿的時刻。

這種無法擺脫比

穿上濕掉的泳衣，更叫人羞愧。

凌晨四點三十二分，

寫下這些的我，

只想跑步，

投奔自由，

就算只有滋味。

自從去過一次賭城，

飯店就每週寫一封信來，

彷彿糟糕的一夜情對象。

而我在最困窘的時節收到，

頗有洞穴君感。

（那是什麼？）

（我也不知道）

凌晨四點，別強求緣分，

那都不如一碗熱豆漿的

感動千萬人心。

於是，前往你的領地，

並在不敵誘惑中，

失去沒人要的童稚，

記得了那些醜陋，

並拋下名字的包裝紙。

簡直是一敗塗地的日子裡，

我們結婚了。

為了表達感謝之意，

你請我吃飯，

卻沒有帶錢。

幾乎跟結婚

卻沒有帶心一樣。

好討厭的感覺，

如此真誠地說謊。

差一句

就騙到我了，

我跟自己說。

幾乎像

一天只有三餐，

卻吃到難吃的東西，

問題不在花錢浪費，

是浪費人生。

排擠了另一個可能的美好。

說來就是，肚爛。

雖然痠痛疲憊，

但帶著善意，

那朵花盡力了。

不像我。

有種自由，

是不必取悅。

有種囚禁，

是自然反應。

有種智慧，

是不必分辨前後者，

卻全身而退，

來到這世界。

不客氣，

雖然你並沒有跟我道謝，

不客氣，

至少我真心對你，

在太陽溫柔按摩下。

呼聲很高的片段

醒來，

天是黑的，

想跑，

天是濕的。

咖啡煮之前，

心是熱的，

像冰塊。

一種才怪感，

想你之後，

心是熱的，

眼淚般。

紀錄片從業人員職業工會，

可以記錄我們嗎？

用溫度計量深度，

小青蛙你講話好偏頗，

我不跟你說話了。

這樣突然地換語調，

就是我們上班者的人格分裂。

身不由己，

天真活潑地

想死。

把我剖半，

餵你吃，

你要左半，

還是右半？

都不完整，

都很艱辛，

我是說，

要寫時事感想時。

缺乏動力愛一個人，

只好勉強愛兩個人。

偷偷給你提示，

我曾經愛上你，

在你把目光落下前，

在你把矜持放下前，

在你把價錢揭露前。

一個人旅行的好處

一個人旅行的好處

是你在世界裡

但可以不說話

也可以假裝不會說話

如果擔心的話

就別說擔心的話

逃生通道通常無法

真的逃生，因為太擠了

因為太擠了，就擠死了急死的人

好可憐啊

我們也就只是一時興起啊

怎麼變成這樣

屈辱

誰不想輕盈地活著
他剪掉那條領帶的同時,想著。

那位狗安靜地望著他的動作,
眼神裡沒有批判滿滿全是憐憫,
他被看得羞恥無比,
彷彿就要從鍋蓋間噴出的泡沫,
噢,泡沫,多麼適合形容此刻,
熱烈無法比擬,卻轉眼就將破碎死去
無人聞問。

如同一小時前他奮力摘下,從脖子,
對,那從來只能支撐到低聲下氣角度的脖子,
他從那尊貴無比的脖子取下了識別證,
搭配著發自丹田的髒話,
他高舉過頭,使勁躍起,
用他為了上班而穿的皮鞋重重踩下,

狠勁十足揮動手臂，割喉般，灌籃般

砸進垃圾桶裡，把那屈辱組成的識別證。

沒想到，更屈辱的在後頭：

人事部說離職就要繳回識別證。

怕什麼的辯證

膽怯的我

在死去以後

會變得勇敢嗎

還是開始擔心

不知道要怕什麼

從這角度看

那已經知道

怕什麼的我

此刻

是不是就不用怕死了？

四月三日早上，不，其實已中午

「你不想寫，別人也不會想看」

他那樣跟我說完，

就開始做開合跳，

嘴裡數著數字，

從一數到了一百，

彷彿那是年齡一般珍惜。

「啊，差點忘記了」

他停下來，

從妻放首飾的抽屜偷偷翻找，

動作輕巧就跟一般電視劇中敗德夫婿一般，

一會兒，臉上露出欣喜，

興奮地拿著戰利品奔跑而過，

是個五公分左右見方的拭銀布。

他找出了羅倫佐，

那枝銀製的鋼筆，

開心地搓弄著，

漸漸的，

筆上的光映在他臉上，

「我可以寫了」，他喊。

葡萄

直笛手一路推升，
我們興奮，我們害怕
回頭看，是位女子，頂著
蓬蓬的大爆炸頭，
讓我們的頭大爆炸。
我決定不再放東西在我的稿紙上，
好讓它像個常駐在家中的債主，盯著我。
雖然我知道那一點也沒有用。
你飄動的頭髮我一直勾不下來啊，
不管用哪一枝筆都沒用。

還好也沒人在意，
你看香港，人們連提都不提了，
彷彿它只是部以前的賣座片，
如今早就下檔，連串流都找不到。

一邊吃葡萄，一邊喝葡萄酒，

享受著葡萄親子丼

直到那刻我才理解

那人的想法：

誰在乎葡萄怎麼想。

擦拭

夏天最後一次游泳，

漫出泳池外的水，是我。

逐漸乾去。

轉身，

並，成不了雲朵。

乾掉的隱形眼鏡，

多麼成熟，

帥氣接受自己的碎裂，

平心靜氣接受不同的觀點，

少數不用藉助自大的鏡子，

左眼看到右眼的時候。

喝多了，

也說了，

在不夠之前

動手殺害你不喜愛的，

因為明早它必然復活。

和上班一樣，

沒完沒了。

但，沒了。你又會喊，完了！

你無法真的擁有什麼東西。

國王的宮殿，

常常是下一任的，或者，

是觀光客買票就能進去的。

我偏好不多嘴只多事

我偏好電吉他多過木吉他。

我偏好夏天多過陰雨的冬天，

儘管夏天也會下雨，

但受歡迎程度高上許多。

我偏好民主制度多過獨裁政體，

就算我們都知道哪個比較有效率。

但很有效率地殺害和監禁總被

很有效率地掩蓋，

好讓那個人很有效率地延續政權，

寫詩是沒有效率的，這一點也不需要辯解。

可也是因為不必在乎效率，

讓獨裁的一方畏懼。

我偏好在無法判斷的時候，

選擇看起來比較麻煩的那邊，

因為麻煩看起來就很難比較。

我偏好不要省力，

因為省到最後只會自己無力。

我偏好看狗用後腿搔癢，

多過看人狗腿，那讓我過敏。

好癢。

二十七度的冷氣

二十七度的冷氣。

二十七度的暖氣。

對你而言，

我是哪種？

夜裡，望著冷氣遙控器，

我想著。

溫差，那溫度好差，

讓人想靠近。

「他們玩的時候，

不會思考的。」

那小女孩這麼說，

指著那拿炸彈遙控器的大人。

「你看，

那些說宣戰的人，

自己都不去戰鬥。」

我趕緊搗著她的嘴，

提醒她，

這得用唱的，

事實都得用唱的，

你沒聽過搖滾樂嗎？

聽死人的音樂

我發現，

我最常聽的，

是死人的音樂。

怎麼會這樣？

好人都死了，

還是

死了讓他們更好？

我沒有答案。

總之，

最近發現，

半世紀前的瑪莉官時裝好看，

半世紀前的邁爾士戴維斯

是很酷的爵士樂，

連搖滾樂都請認明

齊柏林飛船。不然，至少超脫。

來喔，來喔，

來聽死人的音樂，

聽了不保證你不會死，

但保證現在的他們，

都不怕死了。

理由的意見

他們收集好了理由，
來問我有沒有意見。
我看了一下天空，
不，我看不到天空。

我想了一秒鐘，
他們發出笑聲，
彷彿我是派對上最風度翩翩的賓客，
大家都圍著手拿白酒的我，
等我講一段趣談，
姿態優雅，
樂趣橫生。

我望著那一張張臉孔，
滿是笑容綻放，
我想著我究竟說了什麼，
如此慧黠，如此迷人。

他們收集好了理由，

來問我有沒有意見。

我想起我就是太多意見，

才被關在這，毫無理由。

洞察

獨立而愛你的人

存在於此刻

深陷其中

無法忘情你一舉一動

是那

監視者

簡稱社群演算法

以和為貴

我最恐懼的，是住在我們家裡的不是自己人。

我還幫他夾了菜，

我替他沖了咖啡。

我在日子冷時關心他，

開了暖氣，給了他暖暖包。

他卻在我們餐桌上大談，

那惡鄰居的好。

我喝著湯心想，

何不就去住那鄰居家呢？

我卻沒說話，因為以和為貴。

他也不是壞人。我跟自己說。

他只是壞事。

直到我看到門被打開，

直到我發現他打了鑰匙給惡鄰，

他說一家人嘛。

噢不是的，他們的生活習慣和我們不同，

價值觀不一樣，不可以亂說話。

他說，那就不要說話就好。

我現在覺得以和為貴是屁，在他縫我嘴巴時。

無福消受

從前，從前，

我們無法分享心中的心思。（那很安靜嗎你問。）

突然間，我們望見了別人的想法，

透過絲綢織成的細薄紗布，

窺看到刻意公諸於世的浪漫，

感到一種恐怖片般的氣氛，

而且是那令人恐懼的角色。（那很刺激吧你問。）

一步步逼近，

並一步步自我厭惡到極點，

「我不想當鬼呀」在心裡大聲喊著，

「我想當警察，不是鎮暴警察」（那很無聊吧你問。）

嗚嗚。

享用了一整季的特權，

不習慣被拒絕的政客，

在冰淇淋攤發抖的我。

我其實並不關心你——從沒見過面的朋友，

我其實只在乎我自己。（你不知道誠實落伍了？）

我連你的名字都沒有想寫下在紙上過。

我們是朋友很不熟的那種荒謬。

不怕，不怕

滴了精油，調好燈光。
放了專輯，伯恩斯坦。
旁邊一台滑板車，
上頭躺了三隻動物，
貓頭鷹，浣熊，還有狗。

一早就運動，全身高強度間歇運動，
皮拉提斯全身運動，腹肌線條激烈運動。
愈動心愈靜，因為現代生活動太少了。
拚命喘氣，才想起懂得呼吸。
用側腹的力量，把自己撐起，
離開地表，只靠自己。
因為所以，常講都屁。
偏頗的海面上一艘船用一片長條展露自己，
我和一位柴山居民aka山中無老虎之猴大王一起
倚著蘿蔔坑看，
不怕被當作情侶，

不怕不怕，

我推它下去時一直安慰它呀。

自己的樹立

沏一壺茶

去一天堂

端一碗湯

寫一個字

恨一隻貓

跑一個步

就不想

生一個病

奪回自主權

我每天都在
找時間運動
總覺得
那才是我真正擁有的
除了創作

我決定，今天這裡

就是我的折返點

我決定

以後的每一步

都是我決定

週日早晨

週日早晨
什麼最重要？
陽光吧，有陽光才好

週日早晨
什麼最重要？
咖啡啊，咖啡點亮一切

週日早晨
什麼最重要？
不吵架啊，一起笑笑才好

週日早晨
什麼最重要？
活著。有意識地活著

黎愷威的朋友

跑每一步，
我都在想停下來，
為了不讓我這麼想，
為了不讓我可以如願，
我會去想在路上遇見的人。
你看一下前面五公尺右邊。

他是比我厲害許多的小編喔，
他可以把很多東西介紹出去。
什麼東西你問，
喔都很好的東西呦，
把牛仔布料回收，
用創意重新設計，
組合拼接成包包、袋子，
鑰匙圈、電腦包、帽子，
怎麼樣？
是不是都比我更是好東西呀，

那麼可以把這些好東西

在網路上分享推廣出去,

他是不是很讚呀?

就算他因為腦性麻痺行動不方便,

他依舊每天都有行動,

你以為他無法走太遠,

但他把東西帶到很遠。

他叫做黎愷威,

很棒的名字吧,

可以感受到他爸媽對他的期待。

我是個沒用的人,

很害怕寂寞,

所以有許多想像的朋友,

他們不知道他們是我的朋友。

有點變態我知道,

你可以笑,

但不要太大聲,

變態也是會害羞的。

於是,

每隔幾公尺,

我就會在路邊

擺上我的朋友，

通常是前方，

好讓我跑過去，

好讓我跑下去。

不讓邪惡的傢伙拿走

我的另一天。

此刻我多快樂，

被朋友包圍，

被朋友迎接。

會議桌上那人激動地

想說服對方，

你看他上下甩頭的樣子，

彷彿是搖滾樂歌手，

只是歌詞內容太不酷了。

有時候，我覺得好醜，

我是說我活的樣子。

但我不過分悲傷，

當指責成唯一主張，

沒有誰比較高尚。

我等不及，
用汗水洗去雜質，
然後發現，
我就是雜質本身。

黎愷威不是，他是朋友。

---

* 黎愷威是秀惠媽媽的兒子，腦性麻痺患者，他是萱藝新知
  關懷協會盡責的「班長」，提醒辛勞工作的裁縫師們記得上
  廁所、吃飯，幾點該接小孩了。雖然行動不便，但每天都以
  實際的行動關心身邊的人。

美麗的洞穴

躲進去了，

有些暗暗的地方，

灰色的牆壁，

沒有顏色，

卻令人安心。

為什麼呢？

為什麼會這樣？

是外面的世界太多謊話的顏色吧！

人工色素做成的招牌，

深怕你色盲的刺目，

真的把人的眼刺得千瘡百孔，

又瘦又痛，

螢幕裡的更是喧鬧，

把所有顏色用上，

彷彿只剩張嘴的可悲中年男子，

恣意自誇，

沒人想聽所以更加大聲，

又醜又臭又吵啊。

眼前美麗的洞穴，

安安靜靜，

可可愛愛，

多麼沉靜可人，

細節小小的，

等你來發覺，

你來愛。

如果我可以，

決定自己成為怎樣的咖啡館，

我想成為它。

平靜地立著，

窩在小巷中，

自在地關著門

等人打開，

鑽進來，

用牆上小小的字，

用角落細細的小物，

用嘴上不說但自豪的咖啡，

用不甜膩如謊言只有原來質氣的小小果乾，

安慰人，

在最初的地方。

* 小說家黃崇凱、翻譯家楊岑雯帶我去的咖啡館，我們只有
   十五分鐘喝咖啡，因為我得去南一中，但，好喜歡。

淚腺在胃的隔壁

狗多好，

狗多話，

狗說的，我都懂。

狗每天早上

都讀報兩小時。

「我才不像有些人呢」，

狗的語氣透著狗眼看人低，

但牠確實是狗呀。

哈哈哈。

請容我插科打諢，

總是比較好消化嘛，

這世界老是讓人消化不良，

難以消化，就比較想哭，

這是因為淚腺啊，

它和胃是連在一起的，

不信，你下次

一邊哭一邊吃東西看看，

一定少了許多味道的，

哈哈哈。

狗說完就閉上眼睡去，

彷彿牠累得像隻狗一般。

又不是瘋了

「有選擇的話，

誰不想輕盈度日。」

那位白鷺鷥說完話後擺擺翅膀，

長腿縮了起來，準備起飛。

但沒有。

「我有一個朋友」，繼續著牠說。放下了腳。

「他說那裡的日子不錯，只是苦了時間刻度

大家並不在意那些方形框框裡說的，大家比較在乎的是魚，

不，我的意思是吃的東西」

我想起了櫃子裡有包女兒的杏仁小魚，

我倒了一些，我杏仁牠小魚，

我手指挑著，牠長嘴挑著。

「我那朋友臉黑黑的，我問他那會不會打仗」牠長長的嘴吐出一

片杏仁在我桌上。

我得忍住衝動不撿起來放嘴裡，於是喝口茶。

「那也不過幾個月前，那朋友南下避冬」，牠又吃魚

「他那時說怎麼可能打仗，打個鳥啊？又不是瘋了？」

牠長長的鳥嘴彷彿筷子，在小盤中挑著，
我心想，
我得買一包還給女兒。千萬別忘了。

都打一年了，
我們還在……

來玩吧！

來玩吧，

來玩吧，

今天玩了嗎？

沒玩的，要講呀，

今日事今日畢

今天要玩的，別拖拉

願剛跑來跟我說

「我撞到快樂了」

我想了想，恍然大悟

因為她每次大喊「快樂」

高舉手臂歡呼

我都會搔她癢

久而久之

她的腋下叫做「快樂」

「唉呀，不要玩錢，錢好髒耶」

「把拔，我洗過了」

「你洗錢？」

在此大便

不可帶狗

在路旁看到

這兩行標語

令人生理有反應

我是狗吧？

太空音樂

為了寫詩

我放太空音樂

跟願說

她手拿玩具，轉頭答

「可是，爸爸

太空沒有音樂」

大富人家

游完泳，
洗好澡，
女兒吹頭髮，
對吹風機
歌唱的聲音傳來。

「我跟你說，
我是大富翁。」

我要去可愛了

伸出圓手

願拿出鼓槌

大聲喊出

「我要去可愛了！」

面對世界

我們都該有這魄力

我們都可以

有自己的鼓槌

鼓勵自己

笑著逃走

女兒拿著姨媽送的小手電筒，

她的姨媽，不是我的姨媽。

小手電筒可以照出亮亮，

蝙蝠俠般投出影像，

她照在樹上，

她照在書房，

書的背，一位並肩一位

背都發亮了，那是他們的第一次吧？

不知道心情如何？

狗在窩中睡，

走出來看，

光在天上亮，

狗看了看，

女兒看了看，

狗走出房門，

女兒驚訝說：「他笑著逃走耶」

哦，是啊，

那是門古老的技藝，

我們早該學會的能力。

頭髮是窗簾

「窗簾打開是一顆頭，

我嚇到了，

窗簾打開是一顆頭，

動來動去，

在掃地，

往上又往下，

掃地又掃地，

大家快來掃地，

掃得真乾淨。

頭髮弄髒了，

原來是爸爸。

掃得真乾淨。」

起床後，我在地上做運動，

長髮落下，

披頭散髮，氣喘吁吁，

女兒坐在一旁望我，

剝開我頭髮，

唱起這怪歌，

伴著我做一下又一下的運動，

掃地的我真快樂。

她唱，如果你不開心

就來唱歌，

如果你被誤會，

就來唱歌，

拍拍手手，好棒棒，

如果你遇見糟糕

別害怕，

就來歡唱，

眼前

一大堆糟糕，

喔no，喔no，

別害怕，

有我有你

一起來歡場

啦啦啦

啦啦啦

別害怕

該怕的是怕害怕，

善良會贏，

一起來歡唱。

（我心想，歡場？）

Equality

平等

平等時刻

「現在，

信

比相信難得喔」

他笑嘻嘻地說。

現場的大家，

都不知道該怎麼接話，

畢竟，

是遺書嘛。

平等街上的菜市場

那是個好大的菜市場，
我從來沒逛完。
閉上眼時，他想著
最後一次閉上眼。

沒有山，
沒有湖，
但有從山上來的竹筍，
也有自湖中長出的草莓。
眼睛是珍珠，
上下眼皮是蚌殼，
其他，毫無必要。

長大後，
他才意識到，
自己的審美，只有眼睛。
圓的，

大的。

好。

跟珍珠的標準一樣，

真是缺乏想像力哪。

毫無預兆地，

就死去了，

和別人一樣。

一輩子都想要不同，

卻在終點上抄襲，

死不瞑目呀。

習慣客訴的他，

舉手，

想叫服務人員過來罵，

卻被用力壓下，

禮儀師只當作是

普通的屍殭現象。

我不是普通人呀，

你們知道我是誰嗎！

他在心裡大喊著。

他想起幼時逛的菜市場，

什麼都沒看過，

什麼都想要買，

他一直想看下一攤，

一直逛不完。

一直要在這攤看下攤，

充滿遠見，

永遠前瞻，

脖子發痠，

眼睛疼痛，

口水直流，

一如物慾。

躺著也會累，

那以前為什麼要那麼認真

買到才擁有，

但有時，

買到的那一刻，

快樂就開始消逝，

比告別式後收鮮花的速度還快。

噢，你問他怎麼知道，

他有去他的告別式呀。

站在巨大的菜市場，

他感到渺小，

忍不住想買些什麼，

好變大一點。一點就好。

一點都好。

可憎的貧富差距

那並不公平，

你看的眼神，

快速地檢查我全身上下，

彷彿條碼機，

在我身上每一處，

刷出價錢來。

那並不公平，

你說話語氣，

和東西說話可能都更客氣，

只因為我在你眼裡不是東西，

還是我擁有的東西太過難堪厚實？

我問你。

那並不公平，

我知道，

你也許沒看過死神眼睛，

而你知道嗎？

我幾乎每晚搜尋他，

想和他對上眼，隨他而去。

那並不公平，

你笑得如此輕盈，

我哭得這麼容易。

可敬的貧富差距，

噢，我是說可憎的。

不需要擔心沒有的事

有的人花錢

有的人花錢支持認同的。

你只有活一次。

不，你只有死一次。

你每天都活著，

至少能讀到這段文字的此刻。

你不要相信我說的這句話。

那麼，

你到底要不要相信我的話呢？

那天，在車上，

願這樣問我。

我驚覺自己的衰老

和缺乏進步。

於是，我換了墨水，

但換湯不換藥。

狀況很多，

很多時候，

都是自己的。

那天夜裡，

我倒了杯白酒，

用泡泡給自己抱抱，

用冰鎮超越世界的冷酷。

醃一盆毛豆，

管他的毛，

我是指毛利啦，

大家唯一關心的。

忘記階級的事吧，

因為你沒有階級。

不需要擔心沒有的事。

我如此強烈地心虛，

自以為地給你建議，

一如暴雨中的哭泣，

算是偷吃步地示弱，

希望你可以感受到類似但不到愛的東西。

竹蜻蜓

四十度的高溫，

正中午的太陽，

睜不開的眼睛，

人往來的街上，

四周全是教你鯉躍龍門的

補習班，

繁華世界，

你是第一，

你得第一，

你必須第一，

不然就墜落。

有時，墮落。

駝著背，是我站立的姿態，

瞎一眼，正好睜一眼，

閉一眼，才不難過。

這世界已太醜，

噢，這裡是全國交通樞紐哦，

南來北往，四通八達，

只有階級不流動。

所以，我做竹蜻蜓，

飛翔，

超脫，

宛如寓言。

只是沒人讀。

沒有關係，

這不是個好天氣嗎？

這是好東西，

讓我鼓足勇氣，

為你說明，

這是全國唯一，

純手工竹蜻蜓，

不用化石燃料，

不必耗電，

只要你雙手合一，

真心誠意，

就可以心想事成，

飛往遙遠天際。

不要擔心，

不要害怕，

現在就是最糟時刻，

你可以選擇相信。

對於快樂，

你還比較缺乏適應力。

所以，安身立命，

所以，獨自美麗，

只要你有竹蜻蜓。

這麼說，多少有點冒昧，

這場派對，

我當然有參加，

不然，

誰端盤子，

誰拖地？

我也不要你廉價同情，

你連話都說不好哪你，

我傾向，

你買東西，

每個人擅長的不同，

你只會買東西。

請買好東西，

這是竹蜻蜓，

帶著夢想前進，

跨越天際，

前往每個你想去的地方，

只是不會帶上你。

你知道噢？

這是我的品質保證。

海釣場裡的魚

「不要欺負別人啊，
你不會喜歡那樣的自己。」
我站在魚池旁，
那位魚伸出頭跟我說。
魚停了一會兒，
一旁水面都是泡泡，
「喔，不好意思，你看我這樣能欺負別人嗎？」
我心急地回牠，
我討厭被誤會的感覺，
甚至大於魚腥味。

「啊，我認錯人了嗎？
不好意思，從水裡看，不太清楚，
不過……你說看你這樣，
你有怎樣嗎？」
魚的表情嚴肅中透著關心，
眼神堅定，眨也不眨，

應該是沒有眼皮的關係。

「我？我腦麻耶」

我大聲地說，

讓聲音有自信些。

「腦麻？那是什麼？」魚問。

「就腦性麻痺，會行動不方便。」我回

「你是說走路嗎？我也不能走路啊」魚張大嘴巴回我。

我正要辯駁，

魚舉起右邊的鰭制止我，繼續說，

「很多人沒有行動不方便，

但也沒有行動啊」

啊哈哈，

我跟著魚呼出的氣泡笑，

一個圓球，

兩個圓球，

三個圓球，

快樂的魚和我，

我有一點想唱歌，

覺得好自在呀我。

突然，魚飛了起來，

也許是太快活，

離開水面，

離開地球，

前往宇宙。

「囡仔，你媽在找你。」

海釣場老闆臉圓圓，

笑容也圓圓。

手上是那條魚，

嘴巴驚訝地張了個圓。

「你…你…你…」

緊張時我就結巴，

就成了腦麻的結巴。

「你那隻魚給我」

我總算說出口，

「你要吃噢？叫你媽煮湯補一下」

圓老闆大方給我，

魚圓嘴上有釣魚線穿出，

好痛。

我想，每個人的嘴都有，

都有條釣魚線，

不由自主，

如此平等。

魚的嘴張呀張，

一個圓又一個圓，

如此圓滿。

如此圓滿。

＊ 零廢棄時尚永續工作坊外是海釣場。

眼睛看不見的棒球賽

球棒，

手套，

太陽，

大家都來了呢，

可是，我沒看見那個討厭的，

因為我本來就看不見，

哈哈哈，什麼冷笑話。

看不見怎麼打得到球？

看不見怎麼接得到球？

風在吹，

草在動，

我在打棒球，

臉上有笑容，

手上有力量，

心上有勝負，

雖然來上場就已經贏了。

對，我聽出你的驚訝，

我也聽到球的聲音，

當它劃過空氣，

向我飛來，

我擺動手臂，

把平日的不被相信打出去，

把分數打回來，

噢，對了，在那之前，

我還得矇著眼跑向一百呎外的壘柱，

在同樣矇著眼的對手接到球之前。

你說，也太難了吧？

對，真的很難，

進攻、防守都很難，

但生活更難。

還有，

不被歧視，超難。

但找問題容易，

找答案比較難，

找球是難能可貴。

這不就回答了難可以做什麼？

難可以可貴啊，哈哈哈。

今天大家既然都來了，

容我秀一個美技，

雖然帶不了光明給我自己，

但一定要讓世界看到，

看不到的我，

笑容又閃又亮喲，厚嘿！

＊　棒球球評曾公曾文誠找我去看盲人棒球，超震撼，超感動。
　　台灣拿過世界冠軍喔。

給你錢的，沒有要你的愛

狗斜躺，

狗趴著。

狗斜躺成了ㄅ，

狗趴著成一直線。

狗那麼可愛，

因為牠一直線，

對著牠愛的我。

我那麼愛狗，

因為牠可愛，

因為牠可以教我愛，

一直線，

對著愛的，

愛，

而且是全心全意，

好好地愛，

沒有保留，

沒有心計，
就像夏天炎熱中的刨冰，
直接來，
直接可愛，
遲了就融去，
遲了就逝去。

有些唬爛，
真的很爛，
叫你加班才是努力的，
他未必會來你的告別式，
如果我這樣太過份，
我也可以收回啦，
但我其實沒有要。

我的意思是，
時間很珍貴，
給那個給你愛的人，
而不是給你錢的人。

給你錢的，
也只是要你的東西，

沒有要你的愛，

千萬別弄錯了。

那要你愛公司的呢？

噢，那只是種說法啦，

應該是要你專心投入的意思。

不然，

你問他，

離開這公司後，

還深愛這公司嗎？

可是，

我們離開爸媽，

還會深愛爸媽喔。

表示對公司的愛，不是愛，

只是在這段時間的認真參與，

頂多只是認同而已，

多數時候，我們認同的也只有薪水。

同樣的，老闆認同你的也只有能力。

銀貨兩訖，

兩不相欠。

就像某國認為你要賺他錢，

就得認同他的政治體制，

那很瞎，

照那思考，

賣麵老闆不就要認同每個上門的客人？

那他不就得多重信仰了？

拜託，

你的錢只夠買麵，不夠買靈魂啦。

促膝長談

除溼機的口氣不佳，
我覺得不是很必要，
爬起身想教訓它時，
我意識到有點口渴。
並不是說我就是個多容易遷怒的人，
也可能單純只是缺乏鎂而已。

拜託！多的是職場上的虐待狂，
就有一位在多年後出書承認，
彼時讓人提案不過、在會議傾倒的垃圾話，
也就只是前夜夫妻吵架鬧離婚的複製貼上。

噢，那麼，那些仔細聆聽不斷點頭稱是的恭敬，
不就成了看著沒有畫面的A片，
把那些生物的喘息聲當作諄諄教誨嗎？
這該是多麼品味惡劣的整人節目啊？各位來賓
如果可以，最好退通告。那通告費也不高。

你也不可能因此紅，身心狀態那樣的人記不住你的。

最重要的是你會在十五年後想起，

然後在早上五點三十分跟除溼機說話。也太蠢。

你累死了

你的苦惱是你都沒做你想做的，
而不是你做了你不想做的。
不想做的事從來就不是問題，
從小到大，你都做了一千件了，
次數的話，一天三次，至少也兩千次以上。
不用擔心，你是做不想做的事的專家。
早就是了。

你的問題是夜裡站立在你枕頭上的，
你的無力是早晨顯現在你鏡子裡的。
你不需要雞湯，你早就營養過剩，
你不必擔心投資報酬率，
你應該處理的一直是體脂率，
而你一直沒有去處理，
因為你太累了。

你太累了，你沒有力氣運動。

你沒有力氣運動，所以你覺得好累。

你覺得好累，因為你沒有運動。

任何一種形式的運動，身體的、心靈的。

你累死了。你累，死了。

熵

心情不好時，我會遵循熱力學定律。

去找心情好的，把熵傳給他們。

我發現大家也都這樣做，

但

如果你找的只有你的朋友

或

你找朋友只在心情不好的時候

那

你可能在朋友圈裡

成為熵。

後來

我發現

應該要拓展我的交友圈

於是

交了兩個朋友

他們不太會被熵影響

他們不抱怨

他們人很好

他們是書和運動

跑步的美也在於

再有錢

也沒人可幫你

跑每一步

再沒錢

也沒人能阻止你

跑每一步

投資理財祕訣

運動和看書

都不會

有購物廣告

跳出來

多做這兩件事

你會

賺到很多錢

差異

不要一直想著你所不認同的人

就算要想

也該想你和他差在哪

然後，把那差別做大

把最好的時間
留給你最想做的
因為遲早你會沒時間去做
並有很長時間
後悔

你珍貴嗎？

時間它珍貴

因為有人珍惜。

金錢它不珍貴，

因為它本來就不是你的，

你不用力，它不會過來，

你用力，它也不一定會過去。

而時間一定會過去，

不管你用不用力。

時間它珍貴嗎？

金錢它珍貴嗎？

你珍貴嗎？

健康美好的嶄新明天

我不會知道這會到哪裡去

但我知道應該不是徒然的

墓碑上想刻「這個人有在想」

不過，現在台灣火葬的，近九成

沒有墓碑，那墓誌銘怎麼辦？

於是，把每個字當遺書寫

昨天，遇見正在整理齊柏林生平事蹟的夥伴

（怎麼又是死亡。）

（我怎麼又被拋下？）

（怎麼沒有人回答我？）

問號前面的東西愈來愈長，

簡直我人生 8K 解析度超寫真。

好朋友都有事先走了，

那，

留下來的都沒事了？

還是

要惹事的？

啊呦威，怎麼變成抱怨文啦。

不好意思，健康美好又嶄新的，

一定是明天。不會是今天。你放心。

屑屑

每次在點餐點時就會想，

這些如同餅乾碎屑的時間似乎構成了我的人生，

也在想那麼那些成塊一片一片的餅乾又是如何，

真的值得一吃嗎？

那味道又能讓人想回味嗎？

昨天、今天、明天又真的有差別嗎？

想一想，我就把餅乾碎屑撿起來，

吃了。

觀影經驗

一百年前的鋼筆

知道自己會被拿來寫詩嗎？

而且是華語喔

那個小學生

知道自己以後會禁止人思考嗎？

我覺得最恐怖的電影是

主角是自己

劇情很爛

還得看完

不能覺得難看

就走人

Not great not terrible

吵完架後的感覺

就是你贏了

也好像輸得很慘

也不會覺得以後要更努力

要多加練習

只會覺得

早知道不要參加

這個爛比賽

保齡球

保齡球本來沒有洞
球瓶本來也站好好
魚不是生來給你吃
你也不比豬高貴
就連稻子都
比你會光合作用
所以剛好就好。

我說的是
掠奪

半價

半價的鞋子。

如果

只有一隻

小確幸

通常
踩到尿，
就不會
踩到屎。

如今

他們如此軟弱

追著他們跑

只會跌倒

不如

看好自己要去的地方

用爬的也要爬到

還比較早到

蠶豆酥的殼般的我

奇怪的日子裡

我們把白酒

倒入酒杯

但沒有機會喝

那是要給別人的

我們那麼努力地

不讓一滴點溢出

也許應該讓它出來的

因為那是我們

唯一喝到的機會

時間挑戰

在家旁邊看著一個時鐘

它臉色不太好

它嘲笑我

它沒對我笑

我跳繩過去

橫過它面前

我來來回回

因為這是我

唯一勝過時間的機會

記憶旋轉門

一隻小貓咪

走過旋轉門前

望著虛空

妙妙地說了兩句

我表示理解

也妙妙地回牠

牠就惡恨恨地

吼了

「你不要插嘴」

我嚇了一大跳

說，「對不起，我多嘴」

牠說，「那你掌嘴」

我就逃走了

一隻長長的狗

攔住我

「你找到隱喻了吧」

我故作姿態地回

「找到了，但關你什麼事」

牠用磁性低沉的嗓音說

「這決定你在世上的時間」

我驚恐萬分急問，「所以呢？」

牠臉上平靜神情，緩緩說

「如同你平常老喊的，」停了一會兒

「沒時間了，沒時間了」

時間迅速無比
有時你以為它是
迅猛龍

但牠嬌羞地
旋轉著
跑去

轉開筆尾旋鈕

要等一分鐘

墨水才流出

那就給你想清楚的機會了

不期而遇的今天

和今天　初次見面

同一天活著的幸運　一樣大

拼接世上的回收

自在帶寶貝們

自帶笑容

自帶便當

生命

你喝水嗆到

你身體變橘色

我覺得不公平

為什麼有的人要受苦

請稍候

有時候，
我最舒服的地方
是悲傷。

我得提醒自己，
不要太享受。

看到提款機寫
「請稍後」
我都會想，
不會吧？
得不識字，
才能有錢嗎？

同時，
清楚知道，
我這是沒有錢的人

才想到的。

哈哈哈。

空手道

今天有許多學習

強烈意識到自己手上

什麼都沒有

空空如也

簡直是空手道

翻身時，我不出聲

翻身時，我不出聲。
小心翼翼，縮著脖子，
轉向
自己覺得更好的方向。

翻身時，我不出聲。
左手牽著右手，
閉上眼睛，
用力，
這是禱告的模樣。

翻身時，我不出聲。
因為有階級才有舌頭。
再怎麼跳高，
他們說你在躺平。
不肚爛我隨便你。

翻身時，我不出聲。

想著我真的能翻身嗎？

權貴的一天

為您上的這道菜，
是精選太平洋小島上
即將滅絕的物種，
牠每年的出生數已經
低於死亡的數量，
而且，
牠的成年族群尤其肥美，
在全亞洲連續十年油花最多，
適合品味著生命高峰的您
細細品嚐，尊榮不凡。
請慢用。

食用時務必同時搭配
我們為您精心調製
以平衡味蕾擴增感官表現出發
結合該物種獨特與數十種香料
相互激盪而生的調和式飲料，

在此刻綻放於您視覺以外的心靈饗宴的同時

體現您跨越時代的豐饒。

看，吃人肉喝人血，那麼囉唆！

信義計畫區

吃飯

吃太飽

睡覺

睡太飽

其他或許可以

但

面對自己人生

不該詐降吧

信義計畫區

沒有信

沒有義

你也只是

別人的財富計畫

連你那區

都很小

只能叫

區區

兒歌般的夢境

狗狗穿越小橋，

鳥穿越狐狸橋，

狐狸穿越垃圾橋，

因為大家還不認識它的好。

我想，

在辦公室是不容易的，

只有人類有辦公室，

而辦公室未必只辦公事。

平等線是衡量人的線索，

如同等高線，

總是扭曲的。

無法流動的階級，

無法前進的人生，

無法擁有的房子，

無法，

無天。

無法讓人高喊老天在哪，

無天就會使人無良。

瀕危的語言，

是我愛你。

已消失的，

是你愛我。

檢查一下皮夾，

深怕夾帶你的照片，

才想到根本就沒洗出來過，

不識相，

是我。

彈彈，

笑笑，

靜靜，

日子。

一個人，

是人，

就好。

Fraternity

博愛

In a sentimental mood

孩子睡去時
你會想寫些什麼
那些你本來記得的
什麼
那些你現在模糊的
什麼
那些也許以後重聽喊的
什麼

願問我，「你好」是什麼意思？

我回答，就是打招呼，希望對方一切都好。

說完，我才意識到，自己沒這樣。

我有很多困惑

也有許多恐懼

但最困惑的是

我能給孩子什麼

最恐懼的是

我給孩子的

到底在未來算什麼

我一定無法給孩子全世界

但我似乎可以

給孩子看到全世界

需要的

應該不只是眼睛

豐盛的時候
你輕淡地笑

清貧的時候
你輕淡地笑

因為你總願意分享
不只聖誕的時候

All My Love

全部都是我的愛

全神貫注我的愛

有時剛好是相反

什麼都愛

相當於什麼都不愛

什麼都信

其實什麼都不信

不信嗎？ 你想一下

有夢想的人，
要比別人更現實，理解現實，
並能把夢想變成現實。

這些人，
都被現實咬過，
並且咬回去。

忠誠路一段一號

下腹肌很難練

擁有後又很難長久

還是肥肉忠誠

以後介紹人

對組織忠心耿耿

對人不離不棄

就讓我們一起說

「他那人啊跟肥肉一樣」

在創作裡

寧可做錯

也別聽話乖巧

做對

有時來自和全世界作對

阿寶

用光線設計出光線
在洞穴裡發光，
比較亮。
這是我看見她的異象，
有點怪，我知道
我是說我自己。

但你也知道吧，
不然你怎麼還在看？

不，在你轉身離去前，
我得跟你說，
她是築祭壇的人。

她的祭壇蓋在工作桌上，
她的祭壇蓋在裁縫機上，
她的祭壇蓋在兒子身上。

過得辛苦的人，

連微笑都費力，

久而久之，

成了大力士。就算瘦瘦的。

* 阿寶媽媽是萱藝新知的裁縫。辛苦照顧腦麻的兒子，並讓四
肢彎曲的他進行嚴格復健，因她明白，狠下心來才能讓孩子
走得長遠。

孩子生病了

他的腳伸不直，

伸直很痛，

痛到哭著大叫。

他的腳底板無法平貼地上，

原來，

世上有人是如此困難，

連腳踏實地都是奢侈。

潛行的惡運，

為什麼在我家明目張膽？

我做了什麼不好的事過嗎！

我的孩子為什麼要面對這條路。

沒有答案的二十年，

彷彿就是上帝給的答案。

安靜，

善良，

忍耐，

一課又一課，

他是老師，

我是學生。

沒有下課，

沒有寒暑假，

一門一門課修。

才發現，

孩子沒有生病，

他只是不太一樣，

我們都不太一樣，

不是嗎？

有些事他做不了，

很多事我們也做不了，

那我們怎不覺得自己生病了？

做偽證的鈕扣

把它們串在一起
是我的工作
可是並不總是能適切
完成

可憎的我
無法被那孩子用手
扣上。

想著無用的我
在這世上無法有用
難受極了
他扭動早已扭曲的手

試著要握住我
但我是圓的
非常非常非常

難握住

非常非常非常

難放入那孔中

他很挫折

我很挫折他很挫折

但她

他的媽媽

非常非常非常棒

想到一個非常的創意

她把我縫在

袋子外面

我成了個顯眼好看的標誌

當他難受，就可以摸我

想著縫我的媽媽

非常，非常

我們都是非常

誰又正常呢？

誰又有正常煩惱呢？

計畫旅行

高鐵從桃園出發

去哪好呢

最遠的地方

那麼是新左營站

（感覺唸來跟新台幣一樣）

那要幾元

壹仟參佰參拾元

殘障手冊半價是幾元

陸佰陸拾伍元

但你不能自己去

要媽媽陪

那媽媽要幾元

全票壹仟參佰參拾元

殘障手冊陪伴者半價

陸佰陸拾伍元

所以是幾元？

壹仟參佰參拾元

串珠珠一條賣捌拾元

這樣要串幾條

要十七條

我們剛忘記算回程了

啊，對，要回家

貳仟陸佰陸拾元

要三十四條珠珠

串起來

串一條珠珠要多久呢？

大約兩到三小時

所以要幾小時？

等一下，我想要弟弟也去

那要多少錢

孩童票陸佰陸拾伍元

參仟參佰元，不對

參仟玖佰玖拾元

要五十條串珠珠

一百五十小時

一天串五小時

要串三十天

串一條好久

因為手拿不起圓圓珠珠

太滑了拿不住

只能手去拿線

用線去勾珠珠的洞洞

掉下來了

跑掉了

哎呦

滾過去了

不見了

跟我的好運一樣

哎呦，比別人

有等待的價值

比別人更多高興的可能

比別人更能享受

一天的時間

我不是人的計畫

我是上帝的計畫

雖然他也沒給我看

說明書。

旅行很好玩

最好玩是還沒去旅行的時候。

計畫的時候

計畫的旅行。

* 阿寶媽媽為了訓練腦麻兒子的雙手肌肉，鼓勵他串珠珠，做
  出一條條可以掛眼鏡和口罩的鍊子，並自己擺攤販售。讓喜
  歡坐高鐵的兒子能存錢買車票，帶媽媽和弟弟出門旅行。

我覺得我好像有點愛上你了

幫個忙，

讓我寫出個詩。

你寫呀！

我寫不好。

那不要寫呀。

那不好意思。

怎麼不好意思？

我都知道這些事了，卻沒寫出來。

什麼事？

你知道有位媽媽她用回收牛仔布料，

做成包包衣服鑰匙圈帽子外套，

同時照顧腦麻的孩子。

這麼屬害？

而且她還笑咪咪地陪父親去洗腎，

因為父親雙足不良於行。

哇，好了不起。

了不起的是笑容，

比七月台南的太陽大三倍。

她的孩子也很棒哦，雖然腦麻，

可是每天都在網路上關注新聞，

還當小編，幫忙分享。

真的假的啦，這麼誇張。

真的啊，還有位媽媽也是帶著腦麻的孩子，

可是關注環保議題。

等一下，你現在講的是另個媽媽？

確實是。

為什麼有那麼多棒媽媽啦？

她的小孩也很棒，會替大家頸肩按摩，

做裁縫的脖子很瘦的。

我有點不相信你。

真的啦，你看過十九歲男生幫媽媽按摩肩膀嗎？

我親眼看到。

我更不相信你了。

我知道這一切難以置信，

就像我也無法相信有人歧視身障者。

誰身障？

那男孩呀，有時我覺得歧視身障者的，

才是世上最需要幫助的。

你這樣說，好帥，

我覺得我好像有點愛上你了。

不要嘲笑人們
無法選擇的東西

要肯定人們
努力改善的東西

生命線

在去找那個女生之前，

我看身旁的女生，

在連身睡衣上套了一件泳衣的裙，

什麼意思呢？

我不明白，

一如對世上多數的事。

我看著自己的左手掌，

小學時媽媽帶我去算命，

算命的老師手拿放大鏡，

盯著我的掌心，

看得我發毛，

接著指著我的生命線說，

「你看，這孩子生命線很短。」

我一比較，哇！

我的是別人的三分之一不到呢。

從此我價值觀扭曲，

因為命運掌握在自己手中，

啊我手中一副爛牌，

那我不應該認真追求嗎？

還理會你們長命百歲人的迂腐噢？

你們又不會來我的告別式。

來了，我也不在喔！

不歡迎光臨

我一直在找博愛路

貝多芬鋼琴協奏曲第三號C大調，

柏林愛樂，

烏龜在乾掉的咖啡粉中，

有精神地緩慢。

智利捎來的紅酒，

祝我生日快樂，

混亂，

興奮，

焦慮，

當代的混合體，

帶點憂傷眼神，

望著我，

我回瞪它，

銳利、冷酷、無情，

接近憤怒。

卻又被回瞪回來，

原來它是反光鏡。

站在路口，

背挺直直的，

公平無比的，

反映我們真實的脆弱。

迷路了，

但我不會承認。

不會的，

因為怕丟臉。

找了一節課
找不到教室
願說她看到
一位同學這樣
我覺得好像
一種夢境
希望那孩子沒事

Care

好餓啊
可以和人撒嬌地
這樣說
都是幸福的

然後
有人願意這麼跟你說
你是可靠的

凝望

喝完咖啡後

我對你笑

真的是很美的一杯呀

我很謝謝你

願意這麼照顧我

雖然沒有賺很多錢

但用很多心陪伴我

關心我討厭什麼

在乎我喜歡什麼

這些都不花錢

但花心力

謝謝，愛我的我自己

叫我自己親愛的

做完了五十個伏地挺身，

做完了兩百個登山者，

做完了五十個蜘蛛，

我想，時代在此刻是我的，

我，也是我的了，

我奪回自己，

無論他們怎麼說。

是呀，是呀，

為什麼不有一個車色

叫做肉粽色呢？

為什麼不有一個車色

叫做肉圓色呢？

不覺得充滿了豐富內涵嗎？

不覺得！

噢，太可惜，

我原本想加上一句

「像我本身就是肉粽色」

而且，我對各種事物都想參與，

就跟肉粽的內餡一樣啊。

比平常的自己早起

比平常的自己認真

比平常的自己多運動

比平常的自己快樂

比平常的自己關心別人死活

光這樣，今天就一點也不尋常了

非常非常值得活下去，看別天

給我那些在難過裡的朋友

169

改變

我覺得

不要改變人生

改變今天就好

今天做一件

沒做過的

今天學一樣

沒學過的

至少

每天看一本

沒看過的書

在大眾的視野之外

揭弊或接龏

在自己的耳朵之外

寂靜

喧鬧的腦裡

時間是我們

耕耘的土地

在問題前

移開目光的懦弱

充滿了人性

解方妄想症

深信自己

一定有答案

有時候

就是問題

果子

很餓的時候
思考很銳利
唯一壞處
是缺乏耐心

我討厭裝熟的人
比裝熟的果子多
時間可以讓果子變好
卻無法改善那人

自知之明

「做一個為人著想的人吧」

他大聲疾呼

所有人都停下

專注地望著他

接著

響起一片哄然大笑

這裡是受歡迎

的喜劇現場

他滿意極了

今天好順利呢

他摸了摸自己的

頭蓋骨，確認裡面沒有任何

東西

不要拿我擦你的眼淚

雞的肉汁被湯稀釋
我的心眼被風神點開
手抖時寫下的文字奔馳的所在
應該就是那片葉子上的血管呀

添了一整晚的夢,
她身體溫暖起來,
流失的溫度像水果上的氣息
點了一桌子完全不想吃的菜
在跨年時和一群完全不想在來年遇見的人
最想大聲說出口的是我不想說話可以嗎。

不,那不是問句,不要誤會。
不正眼看我的,我也不要理你。
把我看得比你還輕的,我也不在乎你
噢不,是我也不想再見到你。

烈焰燒破了眼神,

我喜歡你瞪著時間

不善罷干休的樣子，

但你說得對，

新的一年來臨，

我不該再拿你擦

我的眼淚。

年節禮盒

你是那樣的，
歪著頭看我。
我擔心起來，
這畫面構圖
竟然會有我。

我想了又想，
終於有那一點點理解，
我不是自己眼中的模樣，
說不定，你也一樣。

接受，和解，離開，
明白人與人的邂逅，
也可以稱為事故車禍。
點交完彼此的傷痕財貨，
我們繼續上路，
奔波奔走，

只是分頭，再也不聚首。

我類似年節禮盒，

曾被笑著收下，

終究只在垃圾場裡探出頭。

君子動手不動口

你在那邊。

聽你在那邊。

聽你在那邊放屁。

哈哈哈。

不要相信權威，

他要是夠有智慧，

也會知道不要完全相信自己。

那種害怕別人不相信的恐懼，

常常會有種氣味一如腐壞的食物，

別把它當香水噴啊，

要把那人當移動的火場，

能躲就躲，能跑就跑，

否則會全身百分之九十灼燒傷都小傷哪。

至於有一種人，

安安靜靜，笑笑的，

坐在那，不空談，只動手，

你能挨多近就多近，

如果可以，遞個工具，出個力，

都是你人生的最美麗。

沒人想吃叉子

筆如果寫不順，

我會一直寫它，

讓彼此磨合。

我和筆，

筆尖和紙。

那感情呢？

你又會怎麼辦。

看著一位粽子被卸下偽裝，

它不是偽竹子，

它不是偽君子，

它是澱粉和蛋白質，

它是跨物種。

它是無法決定自己的長相，

連去處都難解。

我比起粽子，

有比較好嗎？

我問著叉子，

叉子笑笑地露出三排牙，說：

「你可以吃粽子，

別人吃你。但沒人想吃叉子。」

蜜處理淺焙

偏頗無比的日子裡
我們卸下了身上的裝備，
以裸身的方式互毆，
避免一定程度的壞印象。
多麼討人喜歡呀好極了。
青春期適應不良中，
更年期已經來了。
收成的時候不成，
悔恨交織屈辱，成了枕頭套，
套牢一整晚。

「你喜歡他哪一點？」
「他沒有不喜歡我。」
「啊？就這樣？」
「連我都不喜歡我呀。」

做每件事都有功課沒寫完在所有人面前丟臉的感覺，

感覺自己的羞辱是最確切的。

說不定可以來為我們大家做一個開心的表情

我安靜沒有說話，

彷彿那是別人正被侵犯。

身分認同

「哈哈哈」

背後傳來笑聲，

轉頭卻找不到人，

於是，安靜了片刻後，

開始整理房間。

她從來就不喜歡整理房間，

誰想像得到呢？

現在她每天都整理，

而且整理得很好。

鏡頭特寫她的手指，

仔細地摺出了一條線，

比她這輩子所有的戀愛經驗

都筆直，沒有曲折。

她的手指拍鬆一顆白色枕頭，

那雲朵的形狀開始有了方形，

否則，枕頭的素描很難畫呢，

太多明暗光影差異了她想著。

問題來了，她是誰呢？

媽媽、房務員、囚犯、軍人、護理師、遺物師？

喝醉的時候

喝醉的時候,

我會很感激,

因為實在很幸運,

要有酒才能喝醉,

要安全才能喝醉,

要快樂才能喝醉。

謝謝那些辛苦的人們,

在土地上揮汗,

用做藝術品的心意看顧,

謝謝那位太陽,

無私的發揮熱情,

而且全年無休,都沒度假,

謝謝那些葡萄們,

我知道生命的意義不在死亡,

你們更未曾想過自己的終點,

會是遙遠太平洋一個島上的胃。

我只能暗暗發誓，

不叫你們的犧牲成為浪費，

我會仔細認真地，

好好用全力嚴肅地面對，

喝醉的時候。

善意

他沒有惡意。

你這樣說。

希望我可以接受。

我當然也不至於完全不接受，

只是，

仔細想，

他或許對我沒有惡意，

但，也沒有善意呀。

我可以理解的善意，

比較像魚丸湯的胡椒粉，

是特別自家炒出的，

他大可不必，但他願意。

那個金黃色的秋天裡，

我慢慢意識到命題錯誤，

怎麼會，怎麼會

每一片落葉都以震破耳膜的音量

粉碎自己在我的腳下

提醒我，談什麼善意呢？

該談的是，戀愛。

詐騙集團式的體液交換

慎重其事

我在說完您好後

才大聲地罵髒話

帶著敬意

帶著愛心

帶著一些流行文化

更帶著一團進香團的聲音

填充了一大段蜂窩中的六角形空隙。

我說了一段後，

意識到對詐騙集團真心

是一種哲學上多麼大的諷刺。

我不如自言自語，

把時間沖刷過去。

他又填了一句，

我又回了一場。

簡直是複利的表演場

多希望，多燦爛的

彼此真心誠意，

傷害對方。

簡直心碎

重重的節拍落下

呢喃的人聲哼唱

我是你手中的紅酒

被那一下仰頭

消失在世界

進入你，進入你

成為你，成為更好版本的你。

街上，小喇叭聲溢出

行走的疲憊人群，成為舞者

不環保且炫耀低俗的豪宅燈光

這輩子第一次高尚

因為無可避免地做為舞台燈光

我無法牽起你的手，我太醉了

我無法封住你的唇，我太醉了

但我可以，我一定可以寫首詩

融進你的血液

觸電你神經

他們不會讓你對酒測吹氣的

你看來太醉，簡直心碎

擺盪

午睡起來，地球還在。

雨沒有了。

又用掉一個額度，夢的，

好喔，他回了一個訊息，

轉頭，拋棄。

現代化就是拋棄的專業程度。

無情，又無心

叫做第一名。

填上任何尖酸說法，

唯一不填的是自己的名。

應該喝一杯咖啡了，是下午呀

是還活著的自己

請他喝一杯嘛。

「會很清醒哦，你確定？」

咖啡豆的嘴巴開闔著，

上揚的弧度彷彿在嘲笑，

「你以為我會怕嗎？我有酒哦」

人生就在喝酒和喝咖啡間擺盪，

不喝嗎？

就結束了。

and

以及這些那些

收回

收回我的諾言
避免成為
回收物

收為我的謊言
好讓彼此
充實

預言

如何成為

一個成功的預言家？

說出來，

做到它。

我懂的事不多
多的是探究的心情
有時
心裡的傷心滿了
就只能找人掏出來

跑步等日出

讓日子比較

安靜

繞路

人生就在繞路
看誰較有風景
而不是誰早到

靜置

把自己
靜置
放涼
五分鐘
五小時
五天。

想念你。
凝固。
血氣。

記得笑

記得哭

記得每個聖誕快樂

選擇

☐ 哭一天
☑ 笑一天

善良會贏

我不相信我自己

我是相信那些相信我的人

乾燥劑

我常吃到乾燥劑，

尤其是在吃和菓子。

撕開包裝，

怕沾手所以不拿出來，

望著那餅，

想著要用舌頭

頂開那包乾燥劑，

「那不能吃呀」

一邊跟自己說，

一邊捧著，然後

就吃到了。

那憤恨的感覺，

真不舒服呀，

就像上班被同事陰，

你知道他會那樣，

他也真的那樣，

結果，你也那樣了。

實在困擾。

雨天，濕透的鞋。

只想丟掉

自己。

天啟

把你的眼睛

閉起來

把你的時間

拿出來

準備一次又一次的葡萄汁

掌中小說

脫離了掌握

也許我真的

隱蔽了本能

沒殺自己

變態

叫是什麼顏色
悲是什麼顏色
翻了一整盒蠟筆找
只有青春被翻過去

本來是煙
現在是水
惡夢沒有改名
只是三態變化

水從一旁流過

水從一旁流過，
我嫉妒它可以離開，
我卻離不開你。

我戴上棒球帽，
但並沒有要打棒球，
沒有人要打棒球，
沒有人要跟我打棒球。

滿街戴棒球帽的人，
被水沖走，漂來漂去
滿街棒球帽
被人戴著，漂來漂去
那是人頭組成的人潮。
裡頭沒有你，裡頭沒有你
我的頭裡也沒有你。

挑選髮型時，

我問設計師，方便給我一個失憶症的嗎？

她停了一下，望著我，

彷彿看到一個失去記憶的人

忘記這是哪裡。

YOU

親愛的你

仙人先是山人

狗在我背後打呼
綿密細膩
像條絲線
輕輕
拉著我
不讓我掉下去
谷底。

不見了

你的笑是把傘，
幫我擋住
濕冷的
惡意。

可能，
我是個不夠好的人，
所以別人才會對我
不太好。

曾經
我這樣
以為。

但你說，
對我不太好的人，
只是不太好，

就只是他自己選擇得不好，

我沒得選擇，

不能選擇

別人對我的方式。

我聽了，

想到的第一件事，

是你哪時候死掉。

我想知道。

如果可以，

我想跟你一起死掉，

因為大概沒人會像你

對我這麼好。

我沒辦法對我自己

那麼好。

別緊張，

死掉是開玩笑，

如果你不喜歡，

我可以改。

改成不見了。

如果你不見了，

我會去找你。

好讓我自己不見。

習慣

習慣有你的日子
莫名地相信
無窮盡，
以為跟鬍子一樣，
不用在意，
它明天還會在，
它明天還會長。

一首曲子的高潮，
在最後才意識到。
在結束後
才發現樂團
也不知道
樂譜的下一頁是什麼，
那可不是即興，
是身不由己，
是身不由己哪。

所以，

添了兩口茶，

等地平線上的雲浮起。

時間在跑步，

時間在苦惱，

時間在旺季，

我還沒跟蹤到。

偏袒是

躺在地上的狗。

扭轉

旋轉肌，
可以旋轉，
轉來轉去。

青蛙蛋，
可能是好吃的，
但人緣未必好。

用旋轉肌，
轉青蛙蛋，
可能叫做扭蛋。

你問我在說什麼，
我在公館等你下班，
看你上別人車。

反正我們沒約好，

沒約比較好。

別擔心，我很好。

畢竟，我手上有兩杯青蛙下蛋。

國際影展

今天我很乖巧地起床
實在很期待貓咪也來尊敬我
並沒有。
捧著我的手
落胯，
鬆右腳，
轉向你，
用我最甜的笑容迎接你
將說的道別。
我彷彿膠卷旁的小圓洞，
看著你在畫面裡綻放，
陪在你身邊，
進不去你畫面，
走到全世界，
心裡仍有個缺。

你是我的女主角，

我不是你的男主角，

這是我們的國際影展。

沒人看。沒有人要看。

沒有人看好。

沒有人看懂。

沒有沒有

太累而睡著
太累而睡不著
心裡有事

腳被狗的腳
踩著
這是種舒服的
無法動彈
一種被滿不在乎的
信任
撫慰了心脾

我太習慣有你的日子
沒有沒有的想像

如果

有可能我肚子餓
有可能我不是
有可能時間不湊巧
有可能應該說很巧
結果，也可能沒結果
我就喜歡上你了。

但沒關係我可以處理
我沒有要告訴你
這是我的困擾
不是你的
我比較想成為你的如果。

心門

豐盛的日子，

金色籠罩眼睛，

指叉球和人的手指長度有關，

有衝突時，內野手要保護投手。

因為是最接近對手的人。

我們渴慕被喜愛，

但那並沒有附保證書，

只有一段又一段的碎片是確認。

他用手上的菸蒂來回塗著

灼人的皮膚，

毫不在乎的神情。

接近，接近，

我靠近了那個心房，

伸手要按下那門把，

銀色的手把，

伸出了四根指頭，

噢不，那握把是銀晃晃的刀，

刀鋒銳利，朝著上方，

你愈用力開門，

你的手指愈快斷掉，

多麼精巧的心門設計呀。

望

你看天空多灑脫，

都沒有在管別人囉嗦的，

淡淡的，

笑笑的。

有一次，

我看著我的牛仔，

我問他怎麼這麼帥，

他說因為他身上是天空的顏色。

從此以後，

我就勉勵自己，

只要抬頭望一眼，

我就能豪氣。

船在水面上，

站在舷桿上，

好可怕，

因為你可以看得很遠。

噢，

看到未來，是如此令人著迷，

一如我想起喜歡的你，

你的眼睛後面是吸塵器，

吸住我的靈魂，不放氣。

閃身而過的你
不該是顆恆星嗎
不，只是星塵
我不輕易承諾。

寧可說笑話

蓋章

蓋完印章後，
把印泥蓋上。
印章掉落，
就裂開了。
尖叫著，尖叫著，
找三秒膠，
黏，小心翼翼，
黏，小心翼翼。
玉做的印章，原來那麼脆呀。

咔啦一聲，那聲音繼續在心裡
盪呀盪的，
在印痕乾掉前。

「黏好了嗎？」
「應該差不多吧」
「喔，那就好」

「嗯」

「那，就先這樣囉」

這大概是你最後一次關心我吧。

在離婚協議書蓋好以後。

「當你忘記時」專用通道

當你忘記時，

請記得愛。

雖然這絲毫不符合邏輯，

但沒有關係，不是每件事都該有道理的。

比方說，

鳥為什麼聲音就比我好聽那麼多，

卻活得比那只會酸言酸語的臭傢伙短？

當你忘記時，

請記得愛。

我想起那個週五夜晚，

我們似乎是自己的主人，

日子還很長，

仍有兩天，可以揮霍，可以作廢。

當你忘記時，

請記得愛。

你不想解決問題，

我不想聽見問題，

在桌上各種顏色的酒精裡，

消毒彼此以大量以面對世界危機的決心。

因此看清楚，

在重低音節拍裡，

本質浮現

從杯子底部浮起，

直到表面，

我們的臉。

臨暗隔日

晨起煮咖啡先把狗擦拭一番，
再把牠放上床糖少許愛少許，
待幾十分鐘後女兒甜笑起床即可。

心裡仍在風神125的昨夜狂飆，
生祥樂隊太犯規在安可曲放大絕，
在歌詞中痛哭流涕擔心女兒瞧見，
那是我二十二年前的創傷持續強顏歡笑，
做為一個都市開基祖的我不知道，
台北冬天的雨是不會停的憂鬱，
台北食物的貴氣是不知美的羞辱。

於是想逃亡，想逃回家，
做為一個不曾逃家備受呵護的窮小子，
確切感受到這城鮮明的灰黑色，
少樹少太陽少笑容堆積而成的建築方塊，
堅銳劃傷柔軟的水母透明可見內臟，

以為可在水裡飄揚飛翔，

其實只是溺斃腦傷。

我也想騎上風神125像小偷偷偷返鄉，

但我只有迪奧50騎不出這北方戰場。

敦品勵學的暴風雨

墳場

是最便宜的

飯店。

不知是哪位哲人說的。

但近來

連墳場都少見。

照這推論，

鬼故事要減少啦。

這麼下去，

做墓碑的

該怎麼辦？

日本的黑道組織法頒定後，

造成武士刀銷售大減，

工匠只好改做菜刀，

因此影響許多日本餐廳細膩刀工，

創造出多家米其林星星。

以上都是我唬爛，
心情愉悅異常。

陽明山種的滿天星，
我不經意說你的壞話，
但我今晚實在太想你。

隧道裡的廣播，
彷彿瀕死經驗，
只有我
獨自前去
錯的方向。

請稍候，
雖然這樣說，
實情是今天遇見的白鷺鷥，
明天換人來演。
路上的風景，
我來為你準備，
只要你讓左腳在右腳之前，
再讓右腳在左腳之前。

如果方便，

再請不要棄嫌。

我那麼愛你。

秋夜的虛幻

夜裡我讀著短篇小說，
夜裡我睡去，
夜裡我醒來，
客廳裡狗來回奔跑，
瞬間停住，不動，
再衝出。
再停住。

彷彿狩獵遊戲，
彷彿回到幼犬。
但她是十六歲的狗瑞啊。

我望向她，
她停住，坐下，
尾巴快樂地猛搖，
太好了，太好了，
我理解，我同步，
我變成狗了。

欣喜，

滿足，

安心，

愉快，

或者，

帶一點滿不在乎的叛逆，

飆車族式的浪漫，

翹班上班族的浪漫。

我想到了妳，

也想不起你。

有一絲羞愧，

從我左邊吹過，如風，

我不急著抓住，

我等它過去。

我不知道你有沒有誰

感到抱歉又說不出口，

或者，

以為沒得說，

說了也沒用。

於是，

選擇用遺憾紀念，

投入用忘卻變現，

假裝那心情只是代幣，

從來不是真的。

只有靜靜

停好車
走過樹林
走過步道
走過樹下的影子
把自己的影子
和樹的影子
連在一起

走過風裡的葉片
走過綠色的大草皮
用影子添一點樣子
可能是好天氣
可能是好心情

沒看到松鼠
都在存糧食嗎
但氣候變遷

秋天很熱
牠們會誤會嗎？

很長的一個水道
沒有折返處
只有往前
沒有目標
只有方向

你說這也不太合邏輯
但日子好像是這樣子
模糊的方向
只有樹和樹
只有靜靜往前
只有，只有，只有

蒸籠冒煙，我也是

跑進你的眼睛
用一種好看姿態

跑很快
呆很久
說印在心版上
得先印在視網膜

汗水刺激出淚水
手肘以近九十度揮動
喔，可是我沒考慮到
蒸籠朋友會冒煙
你的美麗我看不見

耳朵

耳朵多

多耳朵

多了一個聲音

嘿呦呦

多朵耳

耳朵多

多而多

多了一個聲音

說著我愛你

耳朵多

多耳朵

我多嘴了。

夢旋回來

小小的貓咪
踩著小小的腳
往前走

天上就多了
一些星星

你說
怎麼會這樣

因為
是我在說故事
給你聽

不含糖，但甜

穿上我寬鬆的吊帶褲，
為那五十多歲的老鋼筆入墨，
泡了些茶葉，挑兩本書
放進布袋裡。

在冷冷的早晨，
去看書法。

有一種清淡的感覺
那是你得花許多力氣才能經營摘採的豐饒
不含糖，但甜。

It's only the wind ／抱著我的身體

手上的鋼筆一百歲了
依舊十分流暢
唯一不流暢的
是某人的想法

善書者不擇筆但都沒有人問過
筆的心情啊

「我也想寫出好東西啊
你知道我之前那主人寫出魔山耶
你現在抱著我的身體
做了什麼」

總錯過直播的人

我沒有不理會你
我只是先回應會哭的
連眼睛都知道
耳朵和嘴巴是朋友
而天空一直在喵嗚喵

真的很對不起
我沒有那麼小心翼翼
面對你
也就是我自己

在告別式遲到的人
自己的告別式

臨場感

無人知

無人曉

你出現在現場

安靜地做成你

你該做的

成了你會做的

夠棒了你

你充滿臨場感

如果

每張紙都得來不易
寫的字是不是會多些意義
打每個字都加收上網費
訊息會只有富人能發

檢查你的考卷
提醒自己驗算
監考的是你
改考卷的也是你
第一志願
就是你現在的人生
如果可以的話

我不喜歡

好迷幻

好彌猴

我不喜歡我的報紙被抽走

我不喜歡我

那才是核心

我不喜歡我的工作

我不喜歡我的老闆

我不喜歡我的位子

我不喜歡我的樣子

我不喜歡我不喜歡

我最不喜歡的

是我的不喜歡

那好可悲。

點點般的星星

我用聽說是世界上最好的稿紙寫給你，
雖然我不是世上最好的人，
但有時我覺得我有世上最好的理由
憎惡你。

填上你的名字後，
我剪下一個粉色的狗身體，
預計在祕密被揭露前
用花粉包覆起。

點點般的星星，
再亮都被黑暗包圍，
難免想說阿姨我不想再努力了，
但其實我一直沒有很努力過，
除了恨你。

噢，不，那不是恨，只是討厭呀，

我從沒全心全意。

點點般的星星，

再亮都被黑暗包圍，

我討厭你。

我就是你。

頹然錄

煮咖啡時手燙傷，

拿冰塊冰敷，

又痛又冰又燙，

突然意識到，

這不就是每次戀愛的過程。

點交了一季的浪漫後，

我們無情得彷如陌生人，

不，遇上陌生人，

我們甚至富而好禮呢。

填空題裡的空白，

也可以是種抗爭。

我聽著三十年前的搖滾樂，

好成就我自以為的叛逆，

只是那過了效期的憤怒。

人們竟投以讚許目光，

你們是在嘲笑我嗎我問，

嘲笑我做的事而且很大聲，

我竟也跟著笑出聲音，

忍不住跳起來拍手跳舞。

時間在洗澡

這個早晨

感覺被愛

一定是你來看我吧

你理性

不語

但此刻我卻

覺得迷信很可以

若能多聽你言語

時間在洗澡

流走的看不到

流來的也沒得找

洗去我的悲傷吧拜託

決定我的愁煩

秋天的心思

讓人流失鈣質

無能彎腰

無力低頭

時間在洗澡

別洗去我的悲傷吧

拜託

失去舒服地待在

悲傷中

時間在洗澡

時間在洗澡

麥可的放大鏡

之一

今天上學路上和願討論學歷，聊起某些人以此為榮。願說：
「我以二年十班為榮」我問，為什麼以國小為榮，願說：「因
為樓下是廚房」我大笑。想說遇到麥可，要跟他說。因為
習慣一週見五天了。對了，那天用麥可你送願的放大鏡，
幫她拔腳趾上的刺。

之二

「不把他們放第一排
他們就不會專心
可是放在一起
又打來打去，很吵耶」

聽著小學生分析
既像職場

也像國際情勢

想著要和做外交政治專長的麥可你討論呀

你一定微笑說

「願願好厲害噢～」

之三

「我很喜歡倒垃圾」

「真的啊，那家裡的，也麻煩你」

「那不一樣，學校的垃圾老師都會教我們」

「垃圾老師？」

「對啊，垃圾老師很好」

這是今晨上學路上的對話

和麥可君你分享

之四

在大榕樹下吃飯

在啤酒間想念

吃魚的時候

想著安平人

遇見美味

就想約他

買咖啡豆

會多買一包

知道展覽，就想打電話

這是一種慣習。

* 寫於聽聞麥可過世之後。

最後，一位紳士

「麥可，掰掰喔」
透過車窗，你對我笑，
一貫的優雅自制的笑。
紳士。
台灣最後一位紳士。

我好難過，
寫不下去。

願在旁邊，
看著我寫。

那天所有人看著我
走進陷阱，
當我兩根手指如同竹雞
削瘦的兩條腿，
觸動陷阱，

並牢牢套牢在繩結上，

我像平常一樣問你

「竹雞怎麼叫呀？」

「雞狗拐，雞狗拐」

我跟著叫，

手指學竹雞在半空掙扎，

你在旁邊望著我，微笑。

你的微笑，

似乎是紳士的

標準配備。

就算遇見我的耍寶，

依然優雅。

我們會去離家車程三十分鐘的飯店，

只因住在那，

隔壁是你家，

一種奇妙的親近感。

願在飯店裡跟你揮手，

望著窗戶外，

一牆之隔，

同個空氣，

我們是跟蹤狂家庭。

願雙手上舉，

說是你家陽台前的一〇一，

要我拍給你看。

定格了。

雙木林

如果可以說
很帥的話
到底我們為什麼
要說「好的，我知道了」

整個十月
我都無法工作
該說是從九月底開始

今天覺得不該
再拿你當藉口

麥可不是我的朋友

麥可不是我的朋友。

麥可是盧願的朋友。

盧願覺得麥可是她的朋友。

我只是載她去找朋友玩的人。

盧願幾歲就認識麥可幾年。

第一次到麥可家時，換了五次尿布。破紀錄。

彷彿到水晶宮就格外放鬆。

一直到現在，都會在水晶大……嗯，

嗯嗯，不要跟別人說。

有次我和麥可說盧願會開合跳，

彼時在自主訓練的麥可，

就相約盧願開合跳，

看著他們一高一矮，差六十三歲，

面對面，在水晶跳了一百下，

我心想，

嘛卡差不多咧，可以不要剛吃飽就開合跳嗎？

會胃下垂吧。

麥可不是我的朋友。

麥可是我的家人。

我是安平小孩，

到台北工作二十三年，

從來只覺得自己是異鄉人，

因為不得已只能靠北。

直到遇見麥可慧玲，

彷彿台北也有安平，

讓我的心平安。

我在台北唯一住過的飯店叫美崙飯店，

因為在麥可家隔壁，

我們可以散步去吃饞食坊，

隔天起床循著麥可腳步去大安森林跑步，

邊跑邊想，幾個小時前，

麥可跑一樣的地方，我的腳印在他腳上。

麥可不是我的朋友。

麥可是我的偶像。

我喜歡看他牽慧玲的手，

幫她開車門，

等她坐好後說，「胡小姐關門囉」

我們夫妻吵架時，

會說你想想麥可。

麥可不是我的朋友。

麥可是我的大天使。

我什麼都跟他說，

結交朋友，丟下朋友。

國際局勢，人生大事。

政治題目，小學題目。

運動方式，群眾運動。

我連廣告影片都問他。

他未必有答案，

但一定笑笑地聽。

麥可不是我的朋友。

麥可是我的 play boy。

玩什麼都約他。

看電影看畫展看球賽，

吃板前吃小吃吃球場烤肉，在泳池烤肉，酒池肉林啊，

玩 SUP，他依照教練指示

「雙腳跪，一腳逐漸立，再另一腳」

他站起來的動作很緊張，

深怕 SUP 翻了，讓慧玲落水，

一動一動，最後站起，

結果大喊，「拎娘咧！」

麥可不是我的朋友。

我不夠格擁有這朋友。

但我夠幸運擁有這朋友。

噢，

Michael ～

Michael ～

Michael ～

---

* 寫於麥可過世後，二〇二二年九月。

自由平等博愛, and you？　　　　　　　看世界的方法 218

文字 ——— 盧建彰 Kurt Lu
插畫 ——— 盧建彰、盧願
封面設計 — Bianco Tsai
內頁設計 — 吳佳璘
責任編輯 — 施彥如

董事長 ——— 林明燕
副董事長 — 林良珀
藝術總監 — 黃寶萍
執行顧問 — 謝恩仁

社長 ——— 許悔之　　　　策略顧問 — 黃惠美 · 郭旭原
總編輯 ——— 林煜幃　　　　　　　　　　郭思敏 · 郭孟君
副總編輯 — 施彥如　　　　顧問 ——— 張佳雯 · 施昇輝 · 林子敬
美術主編 — 吳佳璘　　　　　　　　　　謝恩仁 · 林志隆
主編 ——— 魏于婷　　　　法律顧問 — 國際通商法律事務所
行政助理 — 陳芃妤　　　　　　　　　　邵瓊慧律師

出版 ——— 有鹿文化事業有限公司｜台北市大安區信義路三段106號10樓之4
　　　　　T. 02-2700-8388｜F. 02-2700-8178｜www.uniqueroute.com
　　　　　M. service@uniqueroute.com

製版印刷 — 鴻霖印刷傳媒股份有限公司

總經銷 ——— 紅螞蟻圖書有限公司｜台北市內湖區舊宗路二段121巷19號
　　　　　T. 02-2795-3656｜F. 02-2795-4100｜www.e-redant.com

ISBN ——— 978-626-96552-6-7　　　　定價 ——— 450 元
初版 ——— 2022 年 12 月　　　　　　版權所有 · 翻印必究

自由平等博愛, and you？/ 盧建彰 Kurt 著 — 初版 · — 臺北市：有鹿文化, 2022.12 · 面；12×18 公分
（看世界的方法；218） ISBN 978-626-96552-6-7　　　　863.51 ························· 111018370